푸른사상
시선

119

흰 말채나무의 시간

최기순 시집

푸른사상
PRUNSASANG

푸른사상 시선 119

흰 말채나무의 시간

인쇄 · 2020년 2월 7일 | 발행 · 2020년 2월 15일

지은이 · 최기순
펴낸이 · 한봉숙
펴낸곳 · 푸른사상사

주간 · 맹문재 | 편집 · 지순이, 김수란 | 마케팅 · 김두천
등록 · 1999년 7월 8일 제2−2876호
주소 · 경기도 파주시 회동길 337−16(서패동 470−6) 푸른사상사
대표전화 · 031) 955−9111(2) | 팩시밀리 · 031) 955−9114
이메일 · prun21c@hanmail.net
홈페이지 · http://www.prun21c.com

ISBN 979−11−308−1561−9   03810
값 9,000원

푸른사상 시선 119

흰 말채나무의 시간

어둠에 눈이 익으면 어둠에 눈이 밝아져 불빛 없이도 길을 걷는 것처럼 내 시의 편린들은 의도적이든 그 반대이든 가려진 세계에 관해서, 감추어진 존재들을 소환해내는 일에 오히려 동물적 감각이 눈을 뜬다.

2020년 1월
최기순

| 차례 |

■ 시인의 말

제1부 풀들은 눈물방울 같은 이슬을 달고

제2부 내장처럼 질긴, 양귀비꽃처럼 허무한

제3부 우뚝 멈춰서는 적막의 이름들

제4부 우리는 종종 밤늦도록

제5부 아직 깨어 있는 마지막 새들을 위하여

제1부

풀들은 눈물방울 같은
이슬을 달고

아침

나는 걸어간다
걸어가면서 본다

쇠비름 풀숲의 만화경
이슬방울의 세계
그 투명함을 가늘게 잇는 은실의 거미줄들

"게 누구 없소" 발을 구르면
손님맞이하듯 작은 거미 한 마리
쪼르르 마중 나온다

나는 집주인과는 긴히 할 말이 없는 종(種)
다시 걸어간다

어느새 해가 떠올라
차고 맑은 물방울들 터져 흐른다

눈물범벅 첫사랑 같은 쇠비름 풀들
성큼 자라 있다

떨림에 대하여

새 한 마리 날아간 자리에 파르르 진동이 인다
그것은 통증을 참아내는 나무의 습관
미세하게 오래 손끝을 떨며 상황을 견딘다는 점에서
나와 나무의 유전자는 유사하다

나무는 그 진동에 기대어
얼마나 많은 새들을 날려 보내는지
가까스로 어린 잎 하나를 틔우는지
오랜 떨림 끝에 돌아와 수돗물을 틀고 손을 씻는 나는
거뭇한 나뭇가지들의 아침을 이해한다

이해하는 것은
사랑하는 것과는 다른 것이어서
다리를 끌며 몇 발짝 옮겨가는 사람을
머뭇거리다가 앞질러 가듯
아직 떨고 있는 나무를 스쳐 지나간다

매 순간을 가누려 소진되는 목숨들
눈을 감으면 전해오는 무수한 진동들이 있다

버드나무 유르트

낯선 듯 부드럽고 긴 손길이 이마를 쓸어준다 무슨 까닭이 있겠거니 짐작만으로 가만히 쓰다듬는 손에게 뜨거운 목젖을 들킨 것처럼 무참하다

원인이 있다면 하릴없이 물가 근처를 서성인 것 하마터면 저 늙은 팔에 아니 연두의 어린잎에 얼굴을 묻을 뻔했다

물은 쉬 지우는 습성이 있으니 사방이 고요하다

카자흐스탄 유목민들은 버드나무를 둥글게 휘어 전통가옥 유르트를 짓는다고 한다 유르트에 드는 것은 떠났던 곳으로 돌아오는 것

물속 깊이 무릎을 묻고 물결을 매만져 음악 소리를 내는 버드나무는 떠도는 발목을 가진 자들의 유르트

여름 저녁 푸르스름한 안개, 겨울 아침의 날카로운 첫 추위, 낯선 곳으로 낯선 곳으로만 흩어지던 머리카락을 쓸어올린다

느티나무와 청동거울

그 느티나무가 내 집에 와서 청동거울 나는 그 집에 갔다

느티나무는 웃으며 인사하지도 손님용 의자로 또는 식탁으로 나를 안내하지도 않는다 나도 그 점에 대해서 섭섭해하지 않는다

다만 느티나무가 들려주는 그리운 나무 그늘이여 아리아로 시작되는 크세르크세스 중 라르고 푸르고 푸른 그늘 속에서 잠시 숨을 고른다

우린 인사도 없이 어떤 문제에 대해선 심각하고 심각하지 않고 공감하고 또한 공감하지 않는다 차를 같이 탄 적도 함께 밥을 먹은 적도 없지만 전혀 모르는 사이도 또는 아는 사이도 아닌 우리는 관계에 대한 불만이 없다

그 느티나무가 어느 가계를 이어 왔는지 으슥한 그늘 속 무슨 피치 못할 사정이 있는지 나는 묻지 않는다 그 또한 내게 원형인지 방형인지 우상수문, 혹은 구련뇌문인지 최근

피트니스 클럽에서 공들여 만든 자신의 초콜릿 복근을 비춰
볼 수 있는지 묻지 않는다

　고흐의 그림 앞에선 고흐를 느끼고 낙타의 사막 앞에선
사막을 파스타를 보며 침을 삼키고 난센스 퀴즈를 풀다가
혼자 웃는다 어쩌면 같이 웃었을 수도……

라면이라는 곡선

문득 물결이라 불러본다 라면을
구불구불 흘러나오는
다뉴브강의 잔물결을 라면이라 불러보다가
낭만주의는 위험하다고 결론 내린다

이런저런 음식 값을 면밀히 계산해본 뒤
주머니에 손을 넣고 긴 골목과 모퉁이를 돌아서
닿는 라면

라면이라는 게 뭐 입안이 쓸쓸해질 일인가
발자국을 옮겨 딛을 외나무다리가 없다면
면구스럽게 벌어진 허기를 어떻게 건너갈 것인가

라면은
즐거운 선택이기도 하고
선택의 여지 없음이기도 하다

중일전쟁 때 중국인들이

건면을 튀겨 가지고 다녔다는 기원설이 있는 걸 보면
막다른 목숨의 식량인 것만은 분명하다

엠마 스톤이 매력적이지만
애인은 아니듯
손닿지 않는 음식은 먹이가 아니다

가난한 연인의 곱슬머리에 코를 묻고
눈을 감듯
곡선의 따뜻한 면발이 고단한 하루를 지운다

흰 말채나무의 시간

유리창마다 성에가 흰 말채나무를 키운다

한파가 몰아칠수록 창문의 말채나무는 숲을 이루고 온종일 켜놓은 화면에선 물결이 솟구치다가 순간 얼어붙는다

국경의 가시 철조망 낙화처럼 물결 속으로 사라지는 사람들, 마지막 숨을 몰아쉬는 소년의 맑은 눈동자에 큭! 예기치 않은 울음이 터지지만 그것은 의자를 보면 주저앉는 것과 다르지 않다

나의 말들은 고삐를 매지도 않았는데 움직임을 멈춘 채 굳어 있다 말들을 어서 달리게 해야 해 단단히 고삐를 틀어잡고 채찍을 휘둘러보지만 말들은 꿈쩍도 하지 않는다 아마 잊혀져가는 스스로의 발굽 소리를 듣는 듯하다 다시 채찍을 들어 말들 대신 등줄기를 후려쳐 본다

턱을 괴고 앉아 흰 말채나무나 바라보는 날들이다 유리창을 꽉 채운 흰 말채나무 가지들처럼 모든 것은 얽혀버린 채

굳어 있다 서로 완강하게 소외되어 얼어붙은 눈동자와 혀가

풀릴 때까지 이 빙하기를 견뎌야 할 것이다

벤치 위의 날들

코끼리 다리를 잘라 샴페인 병을 만든다거나
내장이 쏟아진 채 차도가 된 고양이 시체가 아니더라도
벤치의 날들은 때로 참혹하다

그것은 순간 해일이 덮친 듯
혹은 저무는 공원 돌의 얼굴이 천천히 어두워지듯

시간이 금이 되지 않는 늙은 하루가
머물 수 있는 곳은 공원 벤치

벤치는 군말이 없고 일어서려는 엉덩이를
친절하게 붙잡아주고 벤치에 이끌려 잠이 들고
벤치는 오래 앉아 있는 사물을 투명하게 만든다

물병을 들고 휙휙 지나가는 근육질들
울긋불긋 소란스런 점퍼들 사이
돌의 얼굴이 평온하다

어떻게 참아낼까 돌은……?

수많은 밝음과 어둠을

불타는 우주였던 몸을

모서리를 궁굴려

표정이 부드러워지기까지

넘치는 시간의 질량을

섬이 된 덩치 큰 새들 지나버린

맹금의 시간을 곱씹으며

폭포수처럼 쏟아지는 지루함을 덮어쓰고 있다

새들의 수렁

썰물이 남긴 웅덩이마다 떨어뜨린
구름의 눈두덩이 붉다
아무것도 하지 않는 일상도 녹록지만은 않은가 보다

새들은 부리를 뻗쳐 들고 경계하듯 두리번거린다
새가 발을 들어 올리면
엉덩이를 붙였던 의자가 사라지듯
발자국에 검은 물이 들어차고 흙이 메워진다

실업의 갯벌은 막막하고 역하고
발가락과 부리로 펄을 헤쳐 나가는 새들의 울음만 귀를
찢는다

어디서나 부리를 깊이 묻는 것들은 날쌔고 맹렬하다
갯벌을 집요하게 물고 새들은 고개를 주억거리고 내달리
고 날아오른다

뜨겁고 차진 손이 새들의 부리를 잡아당겨

날아올랐다가도 다시 내려앉는다

간혹 한 마리 목을 늘이고 일몰의 수평선을 바라보다가
흙탕물 속 제 그림자를 골똘히 들여다본다

공작새는 어떻게 날아오는가

날개를 펴는 데 천 년, 손가락은 모래를 쓸어내리며 음각
의 선을 따라간다

대웅전 팔작지붕을 떠받치고 있는 기둥 아래 선연히 형상
을 드러내는 공작은 어떤 지극한 숨결이 망치와 끌이었던
것

바람과 비의 무수한 끌질이 돌을새김한 현란한 날개에 모
래사막의 흑점 같은 늙은 여자가 겹친다

아크람*은 한 번도 공작을 본 적 없지만 화폭 가득 공작
새를 그린다. 영혼이 소리 없이 잠든 이의 방문을 열고 들어
오듯 꿈속으로 공작새가 날아왔다는 것

아홉 살에 늙은 남자에게 시집와서 화장실 출입도 허락
받고, 걸핏하면 매질에 "코를 잘라버리겠다" 겁먹은 얼굴을
차도르에 구겨 넣은 문맹의 오십 평생, 공작이 스스로 찾아

오지 않았다면 어떻게 그곳에 공작이 있겠는가

아니 모든 공작은 원래부터 있어야 할 곳에 있었던 것

* 아크람 : 공작새를 본 적도 없지만 공작 꿈을 꾸고 공작새 그림을 그
  리기 시작했다는 이란의 무학 할머니 화가.

거미집에 대한 짧은 견해

강아지풀 대에 네 귀를 달아맨
집의 중심에 거미는 거꾸로 매달려 있다
무심한 산책자의 옷자락
뜬금없는 빗방울에도 흩어져버릴 집

집은 그저 단순한 목적을 위한 거처일 뿐
비바람쯤이야 늘상 몸을 집 삼아 겪어왔던 일

거미에게 집은
우리가 여름 저녁 마당에 멍석을 깔고 앉아
밥상을 기다리듯
한 끼 식사를 위한 것일까

집에 평생을 바치는 종족이 있다는 걸 거미는 알까
집이 덫인 존재들이 있다고 하면 이해할 수 있을까

집을 너무 단순화시킨 거미에게도 맹점은 있다

오늘은 오늘의 집을 내일은 내일의 집을 지어야 한다는 것

더 이상 실이 뽑히지 않아
외줄의 거미줄에 매달려 죽은 늙은 거미를 본 적 있다

아스팔트 위의 고양이들

바닥이 미끄러울수록
우리는 껄렁한 포즈를 취한다
넘어지고 징징대는 건 딱 질색이니까

날이 어두워지면
검은 그림자 숨어드는 난간 위
뿔난 조각달에 걸터앉는다

뼛속까지 관통하는 냉기에
몸과 몸을 당겨
불안을 꺼보지만
툭하면 싸움질로 번지는 우발적 성향 사이에서
잠깐씩 무성해지는 침묵

맹렬한 허기는 늘 두렵지만
가능하면 섹시하고 쿨하게
여린 혀를 꼭 깨물고
더는 물러설 곳 없는 게임의 왕처럼

도로의 목구멍을 열고 통과할 때

다만 질주에 몸을 맡기고
순간에서 순간으로
통쾌하게 건너뛴다

분홍 돔

은빛 비늘이 싱싱하다
통통한 살에서 복숭아 향기가 난다
지느러미를 자르고
비늘을 긁어내자 붉게 피가 배어 나왔다
차고 오르는 푸른 물결이 미끄러웠지만
살 깊숙이 칼집을 내고 소금을 뿌렸다

팬에 올려놓으니 지지직 살점이 탔다
뒤집는데 눈알이 뭉텅 빠져나왔다
다른 한쪽 눈은 살갗에 검게 눌어붙어버렸다
그 봄
연화장 화구 불길이 훅 번져왔다

식탁에 둘러앉은 젓가락들
그을음을 털어내듯
접시 위 흰 살점을 분주하게 떼어간다
대화는 전에 없이 우호적이고
알리바이를 지우듯

젖은 입술들을 티슈로 닦아낸다

분홍 돔은 커다란 머리만 남은
뻥 뚫린 눈으로
제주도, 마라도, 동중국해 파도를 타고 회유하며
물살을 삼키고 뱉었을 큰 입을 벌린 채
소복하게 쌓인 자기의 뼈들을 응시하고 있다

달팽이

그렇다고
집을 등에 지고 길 한가운데 나와 있나
가늘게 이어진 은빛 분비물은 밤새
고민한 여정의 흔적

트럭이 빈번히 오가는 도로에 집과 함께 부서진
달팽이, 달팽이들

와우각상쟁* 끝에
죽기 아니면 살기로
굶주림에 포위되지 않으려면

집채를 덮어쓰고라도 질질 끌면서

* 와우각상쟁(蝸牛角上爭) : 달팽이 뿔 위의 싸움. 『장자』에서 유래된
  말로, 인간들의 다툼은 광대한 우주의 시점에서 보면 달팽이 뿔 위
  에 세워진 두 나라의 전쟁처럼 보잘것없는 것이라는 의미.

제2부

내장처럼 질긴, 양귀비 꽃처럼 허무한

바람은

모든 비행하는 것들의 길잡이 날개 없는 것들의 옆구리에
서 마술사가 골무 속 보자기를 끄집어내듯 날개들을 꺼낸다

눈 코 입도 없는 식물의 자식들이 밝고 까만 눈알이라도
단 듯 반짝이며
낮게 혹은 멀리 날아가 신생을 열어 꽃피우고 머리칼 희
도록 살아가길,

삼월의 냉기 속 딱딱한 몸을 곧추세운 작고 하얀 발레리
나가 봄의 리듬에 몸을 맡긴 채 춤추며 온다

그대와 나의 잔설 언덕의 솜털 떨리는 대기 속에 태양의
첫딸 같은 작고 눈부신 민들레를 피운다

호수

겨울 호수의 유리창이 깨지며
드러나는 바닥
검은 흙을 뒤집어쓴 잔해들로 뒤덮여 있다

바닥은
치부처럼 드러내기 꺼려하지만
갑자기 터지는 재채기처럼
모든 바닥은 예기치 못한 순간에 드러난다

제 내부의 몰골에 경악해도
재난은 불가항력이므로
수습이 불가능하다
망가진 의자 깨진 유리병
신다 버린 구두와 함께 널브러져 있을 수밖에

누구든
피치 못할 한 계절을 보낸 적 있다면
조각조각 부서진

호수를 쉽게 외면하지 못하리라

물의 결이 녹고
물결이 물결로서
날아든 운동화를 소주병을
망가진 의자를
치유할 수 없는 상처를 묻듯
깊숙이 묻을 수 있을 때

오래 앓아누웠던 사람이
자리에서 일어나
머리칼을 쓸어 넘기고 주변을 정리하듯
흐름을 조율하고
불안해하는 치어들과 어리연을 달래며
언덕의 느티나무를 다시 비출 것이다

수선화꽃 한 다발

내 사랑은 너무 늦게 도착해서
그는 이미 이 세상을 지나간 후였네
광장에서도 많은 이들이 늦은 사랑을 후회하며
흰 꽃들을 들고 서 있네

때는 성혼의 계절이어서
등불을 켜 들고 밤을 지새운 행복한 신부들은
흰 드레스에 화환을 쓰고 웨딩마치를 올리고
연인들은 스스럼없이 분수 가에서 포옹을 나누는데

굽이치는 산 위로 떠오르는 아침을 보여준다던*
그 사람은
기다리다 지쳐가고 없었네

아직
사랑한다는 말
카론에게 줄 뱃삯도 건네지 못했는데

벌써 강 저쪽에 배를 대었다고 하네

흙먼지 자욱한 광장에 엎드려
백랍처럼 희고 차가울 이마를 향해
떨리는 손으로 수선화꽃 한 다발 묶어 바치네

* 〈Seven Daffodils(일곱 송이 수선화)〉 중에서.

달걀

냉장고 안을 둘러보던 사내가
달걀을 꺼내 손 안에 가만히 쥐어본다
사내는 지금 외로움의 정수리를
지그시 누르고 있는 중

사람들 사이를 먼지로 떠도는 꿈을 꾸거나
드문 일이지만 간혹
말이 하고 싶어 목젖 말랑해 질 때
백치 애인의 이름을 부르듯
무구한 표정을 향해
달걀! 하고 불러보기도 한다는 것

수없이 거절되는 주인을
신고 다니느라
비호감으로 늙어버린 구두
현관을 들어서면
벗어놓은 남루가 곰팡내를 풍기며 일어서고

허기가 덥석 수인사를 하는 지하 원룸

본능적으로 밥을 푸고
둥근 적막 속 옹골차게 여문 달을
프라이로 부쳐 먹고 나면
가까스로 자리를 잡는 방 안 공기들

앉아서 수장을 기다릴 것인가
방치돼 삭아가는 폐선이라도 끌어내
뻑뻑한 노를 온 힘 다해 저어봐야지

지구보다 무거운 엉덩이가 한 번 더 들리는 것이다

공원 거주자

공원 거주자에게 별자리는 아름답지 않다

자신에 대한 수많은 질문들
금세 비워지는 소주병이 관건일 때가 많다

사람들은 오아시스의 야자나무가 지평선에 보일 때쯤
목말라 죽는다*
마지막 한 발짝이 문제였는지 모르겠다

밤마다 굴러떨어지는 꿈을 꾼다
직장을 구하느니
피라미드를 기어 올라가는 게
쉽다고 생각하던 날들도 먼지에 덮인다

새로운 방문객들이 찾아왔다
들고양이나 개미 떼, 파리, 지렁이, 모기
전에 알고 지낸 종들보다 훨씬 다양한 종들이

누울 자리를 보고 발을 뻗어온다

그들과 섭식을 나누는 사이
머리카락이 자라고 수염이 자라고
얼굴에 반점들이 별자리를 이루지만
서로의 외모를 개의치 않는다

다만, 산책 나온 소녀가
비명을 지르고
뒤따라 온 엄마가 다급하게 소녀를 감싸안을 때
알았다

사람으로부터 너무 멀리 와버렸다는 걸

* 파울로 코엘료 소설 『연금술사』 중에서.

구름의 일가

나른한 오후의 공기 속으로
한 사내가 찾아왔다
길림성에서 왔다고 했다

조심스레 꺼내 보이는 낡은 사진
인민복 차림으로 기우뚱 서 있는
얼굴이 길쭉하고 콧날이 높은
골병으로 일찍 돌아갔다는 할아버지였다

가마니 공출 닦달하는 구둣발을 눈밭에 처박고
북으로 북으로 만주 벌판 흙먼지 속으로 사라졌다는
역광의 흐린 사진 위로 한 차례 모래바람이 인다

신원 조회마다 떨어지고
고개 숙인 수숫대로 돌아오던 형제들
먹먹한 저녁이 성큼 아득한 시간을 건너왔다

목숨 하나 챙겨

동지섣달 눈보라를 휘감고 간 발자국을 탓할 수는 없지만
키 낮은 처마 아래 흘러가는 일상은
몫돈을 들여
간절히 초청해달라는 길림성 구름들을
흔쾌히 받아들이지 못했다

시간이 느리게 구름의 형태를 바꾸듯
아들 딸 조카 손자 손에 손 잡고 국경을 넘어와
지금은 가리봉동 어디쯤에 일가를 이루었다는
뜬구름 같은 소식을 들었다

식물의 감정

초원 요양병원 마당 한쪽에
눈을 덮어쓴 화분들
언 흙 속 시린 손가락이 움켜쥐고 있을
푸른 칩

음악을 들려주면 잎이 연해진다는
식물의 감정은 유효한가

병실 안 침대마다 수액을 나르는 투명한 뿌리들
줄줄이 늘어뜨린 수경식물원

이곳 식물들의 음악은
어머니 저 왔어요!
우리 옛날처럼 갈치구이를 먹을까요?
아빠! 혹은 딸기! 복숭아! 오렌지!
목소리 속에는 얼마나 많은 음악이 들어 있나
음악은 또 얼마나 깊은 감정들로 잎을 피우나

영하의 추위에 길들은 얼어붙고

간간히 오는 눈발이 유리창을 때리는데
두 눈 멍하니 뜬 유독 민감한 귀들

시든 잎을 깨워 펄럭이게 할
칠현금 울리지 않는다

일기예보 보는 사람

제주 강원 서울 인도 미국의 날씨는 제각각
경작할 땅이 없다고 여행 일정이 없다고 애인이 없다고
일기예보를 안 볼 수는 없다

라면도 맛이 없고
사는 게 이게 뭘까

질문 뒤에 자기도 모르게 집어 드는 리모콘
오십 년 만의 한파가 몰려온다고 호들갑을 떨수록
방 안의 쳇바퀴 삶이 긍정적으로 긍정적으로

일기가 좋지 않다고
장미가 안 피나
촛불과 케이크가 타오르지 않나
대형마트와 스타벅스에 남자와 여자들이 없나
일기예보는 변명이고 일기예보는 비겁하다

뭐 그래도 출구가 없으면

다시 일기예보를 본다

부산 대천 바닷가 파도가 춤을 추고
상하이 농염한 불빛 사이로 비 오고
몽골의 초원에선 눈발 속에 말달리는데

일기예보는 비상구
어떻게 일기예보를 보지 않을 수 있지?

동토 일기

뚱뚱한 노파가 붉은 카펫을 두른 방에서 나와
생선기름에 마카로니 수프를 끓이면 해가 진다

광활하고 깊은 어둠이다
불빛 따위 잊은 지 오래
어둠 속을 걷는 자는 어둠이 눈에 익어
불빛 없이도 길을 걷는다
어둠이 너무 밝아 몸을 숨긴 적도 있다

마른 강에서 북서풍이 길게
말발굽 소리로 달려간다
흙먼지가 가라앉을 때까지 기다린다

울먹이듯
누군가 마두금을 켜는 소리
음산하게 부딪치는 자작나무들

집에는 돌아갈 수 있을까

동그랗게 몸을 말고 앉아
건조하게 조금 울고

딱딱한 빵을 떼어 먹는다

장미꽃 폭설

울타리엔 딱 한 송이 장미 열 송이 스무 송이가 아닌 딱
한 송이 빨간 장미는 브로치 같아 때 아닌 폭설을 몰고 오지

마당엔 잠시 그쳤다가 다시 몰아치는 눈보라 지붕들은 먹
어도 먹어도 질리지 않을 잘 부풀어 오른 빵, 지붕이 내려앉
을까 봐 걱정이구나 할머니는 저고리 소매 속에 양손을 찌
르고 문구멍으로 밖을 내다보고는 성냥도 다 썼는데 방물장
수가 이 눈길에 어찌 오나 할머니 걱정도 폭설에 묻히지

마을 총각들이 말 걸면 흥! 콧방귀를 뀌는 멋쟁이 고모들
은 코트 깃에 빨간 장미 브로치를 달고 고양이처럼 살금살
금 읍내 다방으로 머리 긴 오빠를 만나러 가지

고모들은 장미송이처럼 뺨이 붉고 싱싱하지 안방 윗방 마
루 청소를 하며 카츄샤 노래를 부르지 나는 덩달아 기분이
좋아 콧소리를 흉내 내다가 손때 매운 고모에게 꿀밤을 맞
고 눈 쌓인 마당을 메리와 함께 뛰어다니지

할머니는 또 성화를 대지 그렇게 밟아놓으면 저 눈을 다

어찌 치우누 눈밭을 뛰는데 신이 난 나는 춤추는 구두를 신은 것도 아닌데 멈출 수가 없지

분지의 겨울은 쌓인 눈 위에 다시 눈이 내리고 또 눈이 오고, 날씨가 추울수록 고모들의 연애도 깊어가지

코끝이 빨개진 엄마가 손을 호호 불며 커다란 가마솥에 물을 길어다 부을 때 종일 내기 화투를 친 아버지가 아리랑 담배를 한 보루 따서 신나게 대문을 들어설 때 고모들 중 하나가 불쑥 애인을 데려오지

아버지가 심각하게 담배 연기를 뿜고 나는 구름 도넛을 만들어달라고 담배 연기를 양팔로 휘젓다가 콜록콜록 기침을 해대지

고모들의 빨간 장미 브로치를 훔쳐 멋지게 달고 애인을 만나러 가는 꿈을 꾸며 나는 발 시린 긴 겨울을 건너지

한 송이 장미 속에는 얼마나 많은 눈송이들을 쟁여놨는지 언제라두 폭설이 휘몰아치지

겨울 호야

눈 오는 밤 머리맡에 등불을 걸듯
호야를 두었는데
갑자기 눈앞에서 새가 날아올랐다

뾰족한 부리
방 안 가득 구르는 새소리
새는 파란 날개를 가졌으므로
새를 찾아 먼 길을 떠난 사람들을 기억한다

혹 알고 있을지 모르지만
모든 파랑새는 순간에 도착한다

새를 보고 잠깐 아, 하는 사이
명치끝에 통증이 왔으므로 새를 놓쳐버렸다
호야 잎은 다시 호야 잎으로
두껍고 질긴 푸른 잎새로 가라앉았다

만성 위염이 새를 가라앉히는 걸 보며

주먹을 쥐고 있으면 악수할 수 없다는 생각

서둘러 알약을 까먹는다

호야 잎새가 잠깐 겹치는 순간 파랑새가 날아오르듯

우연은 기다림의 공식과는 어긋나 있다

찰나와 호야 잎과 새는

다시 없을 수도

어쩌면

한순간 알약보다 간단하게 돌아올 수도 있다

무의도(舞衣島)

짙은 안개를 뚫고 바라보면 말을 탄 무사가 옷자락을 휘날리며 춤을 추었다는

지금은 안개 대신 햇빛이 농염하다 오래 벼르다 멀리서 찾아와도 춤추는 무사를 만나긴 쉽지 않다는 것 파도는 전설 따위 기억하지 않는다 오래된 연인처럼 쓸쓸한 모래 둔덕을 조금 탐하다 갈 뿐

이 섬은 처녀들과 혼례를 치를 수 없는 오라비나 삼촌들밖에 없는 집성촌 춤추는 무사의 형상은 모호하지만 매혹적이어서 처녀들도 무사의 옷자락을 찾아 모두 마을 밖으로 사라져버렸다고, 실하게 올라오고 있는 텃밭 마늘종을 두고 집집마다 대문에 자물통이 잠겨 있다

모래 둔덕을 넘어 신세계 관광버스가 들어온다 진퇴양난 무림의 날들을 살아내느라 지친 사람들 왁자지껄 쏟아진다 저들도 단칼에 적군을 베어버릴 무사가 필요한가 보다

해변을 끝없이 걸어봐도 무의도는 무의도, 무의도에 와서

무사를 찾는 일은 파도에 씻겨 유골만 새하얀 굴 껍질 휘파
람 소리만큼 허망하다

　무의도는 모래에 발을 푹푹 빠뜨리며 무의미하게 멀리 오
래 걸으라는 뜻이다

토가족 남자

끝없는 옥수수밭 사이
납작납작한 기와가 비뚤비뚤한 지붕 아래
밥그릇 긁는 소리

황톳빛 물에 단단한 장딴지를 담그고
빨래하는 남자의 늑골 아래로
불빛 으슥한 부엌과 국자가 겹쳤어요
아내가 춤과 노래 자수를 놓을 때
감자를 조리고 돼지 비계를 볶고 옥수수를 삶고
담배를 피우는 사이
목이버섯 자라고 상추가 푸르렀겠지요

큰물에 사람들이 죽고
광주리 안에 든 남매만 살아남아
씨족을 번성시켰다는
동산노인과 남산성모를 시조로 둔 가솔들이
천 길 벼랑 아래 비적 떼로 살았다는 곳

노략질한 곡식과 죽인 짐승의 가죽을 벗겨

융기한 봉우리와 봉우리 비수처럼 날아
금편계곡 산비탈 침침한 집으로 돌아갔을까요

쫓기고 쫓기는 이국의 사내들 숨어드는
거친 숲의 가슴을 가진 사내
양고기 포자 김 피어오르는 솥을 열 때쯤
키 큰 나무 흰 다화(茶花)를 적시며
또 한 차례 비가 내렸어요

꽃 피는 쿠션들

새들이 목련꽃 위에 앉아 있다
폭신폭신한 쿠션들
나도 안락의자에 푹 파묻혀 앉는다

허공중에 높이 떠서
새와 나의 무료함을 너끈히 받쳐주는
튼튼한 쿠션들

벙글고 또 벙글어서
활짝 피어나는 쿠션들의 세계

겹겹이 순한 향기
쿠션들을 한 아름 묶어
어디 먼 데 사람에게 꽃다발을 보내볼까

궁리하는 동안
새들도 잠잠하고

목련 새하얀 주먹 크게 한번 쥐어본다

제3부

우뚝 멈춰서는 적막의
이름들

먼 어머니

움막 입구의 뚫린 구멍으로
달빛이 비쳐들고

키 큰 풀들을 뒤적여 모아온
한 움큼의 씨앗과 꽃들의 열매를
어골무늬 토기에 쏟아붓고
갈돌로 갈았을 테지요

불가에 둘러앉아 돌칼을 벼리고
잡아온 짐승의 뼈다귀를 쪼개며
성급하게 쏟아내는 모음들

건조한 바람에 열매들이 말라버려
점점 더 멀리까지 다녀와서
무릎이 아프고
몸에 한기가 들어
쓸쓸히 혈거의 구석진 곳을 찾아
구부리고 누웠을

어둑한 이목구비의 당신

아버지의 이름으로

그의 꿈은 화가였다
서울 을지로 어디선가 화실을 열기도 했다
그는 누군가의 부모였기에 청운의 꿈을 접고 고향으로 내
려왔다
그때부터 그는 동리 사람들 놀림감이 되었다
소를 다섯 마리나 팔아 올렸다면서?
품앗이 땐 차라리 자네 처를 보내게
하루 왼종일 밭 세 고랑도 못 매서야 어디
그런 말을 들을 때마다 그는 잠자코
흙 위에 나뭇가지로 그림을 그렸다
그의 손은 점점 뭉툭해지고 흙물이 배었지만
사람들은 여전히 그를 못 미더워했다
당황한 그는 작두날에 손가락을 썰리기도 했다
그는 가장이었으므로 소리 없이 상처를 앓았다
부족한 대로 벼농사를 짓고 채소를 기르고
품앗이를 하며 몇 남매를 키웠다
아무도 그의 꿈을 생각하지 않았다

그가 무엇을 했었는지도 다 잊었다

첫 딸애를 데리고 친정에 갔을 때 그는 처음으로 달력 뒷장에
말을 그려주었다
갈기를 휘날리는 말은 어디 먼 평원을 향해 달리는 것 같았다

어디서 찾아내었는지 뭉툭한 목탄 조각을 손에 쥐고 있었다
그는 이제 이 세상에 없다

내가 죽는대도 그와 나는 아무런 상관이 없을 터였다[*]

광막한 우주 공간에 한 점 먼지로 스쳐도
서로를 알아보지 못할 것이다

* 로렌 아이슬리, 『그 모든 낯선 시간들』 중에서.

사과나무들은 침묵하고

물기 어린 초록 잎들에 싸여 사과나무는 침묵한다 아침의
희뿌연 대기 속에서 예민하지만 내성적이고 우울한 사람처
럼 사과나무는 서 있다

사과나무가 서늘한 잎으로 한낮의 달구어진 어린 사과들
의 뺨을 가려줄 때 사과는 조금씩 자란다

소소리바람은 한 잎의 일찍 시든 잎을 가지 끝에서 떨게
한다. 사과나무는 침묵하지만
사과들은 나무의 긴장을 느끼며 조심스레 푸른빛을 더
한다

꼭지가 무른 사과가 툭 떨어져 땅에 구를 때 사과나무는
움찔 파장을 일으키지만. 한창 성장 중인 사과들을 위하여
사과나무는 침착하게 더 오래 침묵한다

가을볕 속에서 내실을 키우는 사과들, 달콤한 향을 퍼뜨
리며 붉고 튼실한 엉덩이가 드러날 때 성긴 잎들은 떨어져

대지를 향해 눕는다

　십자가처럼 팔을 벌리고 우뚝 서서 무게를 견디는 사과나
무, 묵직한 침묵을 깨트리며 매미들이 마지막 울음을 길게
운다

나의 바그다드 카페

황량한 공터마다
쌓인 모래 더미
모래 위에 또 모래를 쌓는 트럭들
어딜 봐도 먼지뿐인
아파트 공사장, 공사장들
인부들의 거친 농담과 가래침 뱉는 소리

녹이 번진 철제 의자에 앉는다
죽은 나뭇가지에
조그만 주전자로 물을 뿌리는 남자
화들짝 피어나는 꽃들
품속에서 새를 꺼내 날린다

구름들
커다란 가방을 들고
사막 한가운데를
혹은 아무 곳으로
떠났다가 돌아오고

눈을 감으면 가시광선이 가득하다

붉은 노을 한 자락
잎이 지기 시작하는 나뭇가지에 걸어두고
어두워가는 고속도로를 향해
덜컹거리는 트럭들이 꽁무니를 흐린다

꽃 핀 자귀나무

연분홍 뺨 희디흰 속살
바늘보다 가는 꽃잎에
관음보살 앉아 계신다

바람이 불자
바람결보다 가벼운 한 세상
순풍에 돛을 단다

돛을 단 돛배 돛배들
칠월 녹음 바다 위에 둥둥 떠 있다
어기어차 떠나간다
물결 환하게 길이 열린다

폭염의 콘크리트 사막이 눈을 크게 뜬다
폐지를 실은 유모차를 밀고 오던 노인이
힘겹게 허리를 편다
천 근 무게의 세월
거뜬히 실을 수도 있을 것 같다

고삐를 맨 낙타들도 그 그늘 아래서 숨을 고른다

다만 가벼이
가벼이 피어 흔들리는 것만으로도

저녁의 행보

물결무늬 발자국을 따라간다
누군가 앞서간 이가 있다는 것
저문 해를 향해 가는 길의 위로가 된다

불쑥 검은 고양이가 앞을 지르고
발자국은 누리장대나무 앞을 지나간다
이 나무의 꽃은 정말 국수를 닮았다

등불 아래 고개를 수그리고 국수를 먹던 식구들
돌아오겠다는 십자 표시 하나 남기지 않고
어떻게 각자의 별을 향해 걸어갔는지

이별은 사소하고
관계는 얼마나 먼 행성들로 사라지는지
사라진 이름들을 저문 하늘에 초성문자로 쓰는 철새들

나는 또 얼마나 먼 길을 걸어왔을까
돌아보지 말자고 입술을 깨물고

떠나기만 했던 여기의 지금을
잘 구워진 시간이라 말할 수 있나

앞서가던 발자국도 사라지고
어둠 속을 흘러오는 매캐한 연기
누군가 쓰레기를 태우나 보다

냄새를 피워대며 타오르는 불꽃들은
다 흩어져 어디로 가나

산북 마을, 그 먼

키 큰 전나무 숲 군사기밀도로가 전부인 마을은
겨울이 깊을수록 흰 산이 우뚝 솟아올랐다

시렁 위 싹을 틔울 감자들 아직 눈이 깜깜하고
할아버지와 할머니 어머니와 고모들 구부러진 못처럼
박혀
양말을 깁고 가마니를 짜고
무채와 말린 산나물을 섞어 밥을 짓는 어머니는
철산 겨울이 맞닥뜨린 범의 숨소리 같다고

마당의 빨래들 뻣뻣하게 언 채로 눈을 맞고
눈송이들이 창호지에 보푸라기처럼 달라붙는 밤
할아버지의 느릿한 옛이야기는
추녀 끝 고드름을 단단한 직선으로 내려 키운다

등불 건 툇마루까지 눈이 쌓이고
소맷부리 해진 옷을 머리맡에 두면
꿈의 장막이 열리면서

가오리연이 새하얀 꼬리를 흔들며 유영하고

눈의 아이들은 썰매를 타고 은하수를 흩뿌리며 달아났다

참새 떼가 새파란 공중을 향해

언 나뭇가지를 차고 오르는 아침

눈부신 햇살에

시리고 맑은 향의 구슬들이 챙챙챙 쏟아져 내렸다

산현리

오래된 정미소가 있다
녹슨 기계들, 정적이 먼지로 쌓여있다

정미소 주위엔 길 없는 숲
소리도 없이 푸른 가지가 흔들리고
풀꽃들이 먼 별들처럼 빛난다

그늘 깊은 나무엔 연초록빛 이끼
손으로 쓸어보았으나 묻어나지 않았다
나는 괜히 쓸쓸해져 손금이나 들여다본다

언제나처럼 돌아갈 일은 걱정이지만
구두를 약간 고쳐 신었을 뿐

어디에 고여 있었는지
느닷없이 맑은 물이 쏟아져 내리고
물방울들은 저희끼리 즐거워 보였다

오래전 사람 소리들을 깃털처럼 물고
낯모를 새들이 평원의 숲을 날아다닌다

구르메

구름이란 이름을 가진 마을이었다
어떤 이들은 그곳을 구르메라 불렀다
키 큰 유도화 담장 위로
붉은 꽃구름 피워 올리는 집

커튼이 드리워진 창문들 닫혀 있고
발자욱 소리 끊긴 지 오래인 듯
모호한 소문만 공기층을 떠돌다가
고양이 울음에 업혀 나왔다

린넨 천 틈 사이로 바람이 불어오면
팽팽히 당겨지는 몸속의 현
유도화꽃들만 뺨 부비며 출렁거렸을까

닫힌 커튼 뒤 비밀스러움을 키우며
앞산엔 대나무 기폭처럼 솟아오르고
들엔 얼마나 많은 밀들이 익어 갔을까

화덕의 빵들이 소리 없이 부풀었을까

퇴적암

양들은 눈이 어둡고 앞선 양의 목에서
울리는 종소리를 듣고 따라가요
새끼양이 태어나고 어미양의 젖이 불고
양가죽과 털실은 낡아가죠

고원의 여자들은 여전히
화덕에 땔감을 넣고 빵을 굽고
열두 명 혹은 열세 명의 자식들에게 둘러싸이지요

조개껍질 깃털 잎사귀와 지느러미
벌판을 뒤덮는 양귀비 붉은 물결
쇠창살과 끝없는 카인과 아벨
다시는 보지 말자 갈라선 연인들이
하나의 틀 속에 압착된 올리브같이
돌 속의 돌을 다 읽을 수 없고

오늘의 피로와 어제의 지겨움
내일의 불안을 가루로 빻아

흰 쌀 붉고 검은 쌀 한 켜씩 얹어

검고 희고 붉게 잘 익었네요

우리들 아무것도 각자 온전하지 않은

모든 것들과 함께

다 같이 딱딱한 한 조각인 거죠

국수와 비

종일 국수 같은 비가 내리고
나는 국숫발처럼 길게 누워
국수를 먹을 때처럼 훌쩍거렸다

고개를 끄덕이며
둘러앉아 국수를 먹던 저녁을
하나하나 불러내보다가
불은 국수처럼 생각이 끊겼다

비 오는 날은 면발이 당긴다고
몰려들던 아수라장의 칼국숫집을 생각하면
갑자기 국수가 싫어졌다

국수를 좋아하지도 국수를 싫어하지도 못하고
국수 국물처럼 뿌옇게 흐려 있는 나에게
창밖 빗줄기들은 단호하게 빗금을 그었다

혼자서 앉는 어둑한 식탁

국수 위의 고명처럼 외로워져서

난간 위의 빗방울처럼 뛰어내릴까, 그래버릴까……

물어뜯는 검지 손톱에 피가 스민다

매화꽃과 사내

혼자서 시를 쓰던 사내가 떠난 후
낡은 담장 밑은 떨어진 꽃잎들로 환하다
심심한 벽은 주인 사내의 버릇처럼
잠깐씩 꽃 그림자를 잡아두곤 한다

집 안엔 음산한 어둠이 들어앉아 있다
아무도 참견하지 않는 그곳을
어둠이 차츰 들어앉아 영토를 늘려갔기 때문이다

냄비와 몇 권의 책 빈 소주병이
낯가림이 심했던 사내의 성향처럼
어둠에 눈이 익은 후에야 거미줄 사이로 모습을 드러낸다

사내는 혹 시인이기보다는
외로움을 키우는 전문가가 아니었을까

제 몸 냄새 밴 곳 두문불출하다가도
봄 안개 자욱하여 날빛 서러운 날은

뜰 앞에 나와

먼 데서 온 손님처럼

황사바람 속 피어난 매화꽃을

아득히 바라봤을 눈

달리 할 말이 없는 매화꽃은 헛기침만 했을 것이다

오늘처럼

꽃잎을 그의 발등에 수르르 쏟아놓으며

포플러 상가(喪家)

나무 베어낸 자리 방울방울 수액이 맺힌다

자동차가 요란한 소음을 끌고 지나가고
풀들이 한 방향으로 눕는다

먼지들이 시야를 흐리며 부유하다가
투명한 얇은 막 위에 내려앉는다
막 떠오른 해가 문상을 왔다가
먼지의 입자를 길게 쏘아본다

한창 성장 중인 무릎을 베어 넘어뜨린 데는
이유가 있겠지만
참수는 설명이 안 되는 감정이다
흩어진 이파리들 맥없이 마르고
몸 붙이고 살던 벌레들
더듬이를 곧추세워 이동 중이다

새벽의 회색을 깨트리던 새들

주위를 맴돌며 사태 파악 중이다

눈 밝은 새 한 마리

머리를 갸웃 톱밥을 쪼아보다가

서둘러 조의를 표하고 날아오른다

슬픔도 상쾌한 가벼운 몸들 일제히 기류를 탄다

제4부

우리는 종종 밤늦도록

아침 물결들의 호수

흰 새들이 아침마다 깨끗한 물보라로 깃을 치는
비밀스런 호수가 있다

호수는 엷은 회색 안개 베일을 쓴 채
밤새 죽지가 약한 새들을 품고 있었나 보다

새들의 발목을 간질이는
수초들의 푸른 팔과 팔 사이 둥그런 동심원들
크게 더 크게 잠시지만 보조개를 피운다

보조개는 어디에 피건 환한 웃음
자신의 보조개 안에 바라보는 이에 마음을 가둔다

동백 엔딩

동백나무 옆을 지나면 둥둥둥 북이 울린다

동백나무에서 북이 울듯
누구에게나 예상치 못한 저녁은 온다

낭패라고 생각할 필요는 없다
그곳이 창백한 형광등
밤낮으로 켜져 있는 침대 위라 해도
이건 의식의 문제니까

동백나무 그늘 깊은 저녁
생각 깊은 그에게서 허전함의 냄새가 났다
그러니까 음…… 말을 더듬는 스무 살
첫 휴가를 나온 그의 귀가 바알갛다고 느낀다
나는 가까스로 숨을 참는다

북치는 동백꽃나무 둥치에 그대로 이마를 대고

움직임을 멈출 수 있다면

누군가 무심히 산책을 나왔다가
놀라 소리 지르며 어깨를 흔들 때
목을 툭 꺾는 동백꽃

꿈에 울다

마당가 달리아가 고개를 숙이고 있다
축축한 땅에서 더운 김이 올라왔고
나는 맨발이었다
검게 빛나는 머리카락이 담 너머로 넘실넘실 멀어져갔다
하늘은 잔뜩 구겨진 표정으로 내려다보고 있었으나
빗방울을 떨어뜨리지는 않았다
떠나는 발길에 등을 대준 댓돌 역시
침묵했다
두리반 상 위의 김을 피워 올리는 쌀밥은 한없이 희었지만
뒤꼍을 돌아 감나무 아래로 갔다
그늘 깊은 감나무는 우리 집 여자들의 울음 터
소리 내어 터트리지 못한 눈물들이 이 감나무 아래 고였다
가을의 감 맛은 당연히 달고 촉촉했다
여자 목소리가 담장을 넘으면 집안이 망한다
긴 장죽 소리가 조석으로 문지방을 때리는 날들
처음으로 두 손에 얼굴을 묻고
깊이 소리 내어 울었다

그 집은 하마 오래전에 없어졌지만
내 어린 여자를 그 집에 두고 왔다

불면의 밤 언뜻 스친 잠
어딘가 먼 곳을 다녀온 느낌으로
베개가 흠뻑 젖어 있다

청보랏빛의 말

느리게 흘러가는 여름 손차양의 햇빛 사방 내리쬘 때, 마을 뒤편 산자락 서늘한 습지 키 큰 청보랏빛 한 세계 열어 보였다

청보라는 피어 있고 청보라는 피는데 모두들 이 세상엔 없는 색이라고, 보란 듯이 울안에 옮겨 심었으나 누군가 그 자리에 호박넝쿨을 풀어놓았다

침묵 속 나의 정원에는 청보랏빛 한 벌판 피었다 지기를 수천 번 말문을 트고 들어줄 귀를 찾느라 희게 세어버린 머리카락들

유목 부족의 운명을 구할 보검을 만들기 위해 동굴 속에서 평생을 보낸 투르크멘의 장인*이 마침내 보검을 완성해 밖으로 나왔으나 시대가 변하여 아무 쓸모가 없어진 검처럼

그러나 함부로 손댈 수 없는 오래되었으나 낯설고 진기한

청보랏빛의 말

* 야샤르 케말의 소설 『바람부족의 연대기』 속 인물.

오동꽃

우는 당신을 돌려보냈습니다. 마음은 갈 곳이 없어 물가에 앉아 거울 같은 물속을 들여다보았겠지요. 누가 들여다 놓은 듯 앞산이 말갛게 들어앉아 있네요.

그곳에도 아름다운 한 시절이 있어 산 아래 물속으로 오동꽃 피고 오동꽃 지나 봐요. 오동꽃 떨어진 어디 깊은 곳에서 이따금 거문고 소리가 들렸어요. 당신인가 기러기발에 손가락을 얹고 현의 음조를 고르는 이마가 오랫동안 마음을 잡고 놓지를 않네요.

초가삼간을 다 덮은 오동 이파리들 너울대며 얼룩 그늘을 드리운 툇마루, 떠놓은 물그릇에도 오동꽃이 한 송이 피었네요.

오동나무 그늘 평상에 아픈 나를 뉘이고 당신이 거문고를 뜯네요. 소리가 종소리같이 맑고 비감하여 눈물이 났어요.

마당가에는 참깨와 옥수수가 우긋하고 아이들은 오동나

무 잎으로 배를 만들어 집 앞 냇물에 띄우네요. 혹 어느 생
에서인가 당신과 내가 한 세상 저물도록 살았던 건 아닐까
요.

연성(蓮城)

바라보면 할 말 없어지는 가없는 들을 안개가 이불 홑청처럼 덮고 간간이 큼지막한 이슬방울이 당신이 있는 쪽으로 기우는 그곳에 연꽃이 핀다고……

나는 지상에는 더 이상 없을 듯해 냇물처럼 굽이굽이 풀어쓰고 싶은 연성마을을 향해 신천을 지나고 있지요

진흙 속에서 연꽃이 핀다는 말은 이제 저잣거리의 간판들만큼이나 누추해 어느 시린 이마 하나 덮지도 못하지만 그 옛날 중국 남경에서 한 선비의 소매 속에 숨겨와 처음으로 이곳에 연을 피워놓고 연성이라 이름 붙였다는 이 마을에서 건두부와 청경채로 조촐한 식사를 한 후 삼삼오오 옷깃을 스치는 사람들의 거리를 지나 당도한

연꽃, 맑은 얼굴의 연분홍빛 홍조는 여기저기서 불쑥불쑥 솟아올라 명실공히 연성을 이루고 나는 아무 일 따위 다 잊고 꽃이나 종일 바라보다 허탈해진 화류 같은 걸음으로 걸

어가는데

  언제부터 저기 서 있었나 외발로 선 재두루미의 침묵 그
도 황혼을 연성에서 맞기로 멀리서 날아온 듯 미동도 없이
회색의 수그린 어깨 너머로 긴 여름 한낮이 기운다

새와 구두

숲속 나무 둥치 아래
검정 구두 한 켤레
뻥 뚫린 두 개의 어둠이 아가리처럼 깊다

구두의 주인은 팔자걸음의 소유자인 듯
뒷굽 바깥쪽이 심하게 닳아 있다

여기까지 걸어오는 동안
얼마나 깊이 모를 심연을 지나
침묵 속으로 가라앉았을지 모르지만

켜켜이 길들을 구겨 넣어
무거워진 구두를 벗어놓고
새의 몸을 빌렸을지도

소리 없이 잎을 내려놓는 나무 그늘 속에서
맨발의 새가 오래 운다

겨울 구근

동상이 두려운
손가락을 구부려 쥐고
꽉 감은 움푹한 눈들
태아처럼 웅크려 있다

주름진 표피 속
캄캄하게 차오르는 수분

푸른 도화선을 타고[*]
불꽃이 터져 나올
순간을 모르고

한 생의 기억을 지운
유골들
냉정한
돌멩이들과 함께
묻혀 있다

[*] 딜런 토마스의 시에서

할머니의 밭

밭 한가운데
푸른 잔디의 둥근 이불 속엔 누가 있나
새로 핀 나리꽃들 고개를 그쪽으로 숙인다.

밭 가장자리 넓적한 잎사귀들 사이에서
황금 목젖을 드러낸 호박꽃
초록 대궁에 눈송이처럼 붙는 참깨꽃
가지의 길죽한 보라
고추에 매운 향을 채우는 따가운 햇빛
삶은 여전히 싱싱하다

함께 앉아 땀을 들이던 소나무 아래 평상
조그맣게 구부려 낮잠 든 할머니

생전의 할아버지 머리카락 색 닮은
비둘기 한 마리
곤한 잠 지키며 구시렁거리듯

주억거리며 근처를 맴돈다.

말뚝 위 우편함엔 어둠이 가득 찼다
할머니 아침마다 한 사발씩 퍼내어도
샘물처럼 고이는 적막

나팔꽃 여린 순이
숨차게 감고 올라와 손을 담근다.

이명

핏덩이 아이를 송진 바른 대바구니에 넣어
먼 강물로 흘려보낸 사람이 있다

강가에는 간 적 없지만 아이를 잃어버렸던 게 분명하다
우는 아이를 다그치고 문을 잠그고 열쇠를 잃어버렸나 봐

키 큰 메타세쿼이아가 문을 가리고
담쟁이 덩굴이 납작납작 벽을 타고 오르는 동안
귀를 틀어막고
빨래를 하고 접시를 닦고 책을 읽고 고깃집을 들락거렸
을까
아이는 자라지도 않고 닫힌 문 안에서 울고 있었나 봐

언제부턴가 울음소리가 새어나와 미칠 듯 고막을 파고
든다
잠을 잘 수도 밥을 먹을 수도 없다
잃어버린 열쇠를 찾으러 골목과 시장바닥

부엌과 의자 침대 밑까지 뒤졌으나 없다

구름 한 조각 태양을 덮으며 지나간다
늙은 나무들은 덩치 큰 짐승들처럼
수천수만 겹의 비늘에 덮여 근심의 그림자를 키우고
바이크마트 나귀들 붙박힌 제 발목만 내려다본다

아—아—아—
아이가 귓속 달팽이관을 또다시 흔들어댄다

주홍집시나비

여자는 북극성처럼 먼 이름을 자주 만지작거렸다

눈을 감으면 주홍집시나비가 산다는 깊은 침엽수림의 싸아한 냄새 백야와 오로라 여우잡이 사냥꾼의 담뱃불이 멀리 깜빡거리곤 했다

깊은 침묵으로 전나무 숲을 덮으며 소복하게 내리는 눈 움푹움푹한 발자국들, 반짝이는 눈의 입자를 스치며 걸어가는 여자애들의 페티코트가 주홍집시나비의 날개 아래 살아났다

까짓것 주홍집시나비쯤 얼마든지 보여주겠다는 남자를 만나 머리를 나란히 눕히기 시작했다 뒤통수가 납작해지도록 함께 누웠지만 누우면 누울수록 주홍집시나비는 희박해져갔다

신중함이 밴 신발들은 침묵했으나 온기를 잡아두지 못하는 얇은 지붕은 앙상한 나무 그림자를 현상하고 처마 밑 고

드름만 길게 키웠다 언 모서리들은 자주 부딪쳐 유리 도자기 그릇들은 날카로운 비명을 질렀다 애써 침대와 식탁보를 바꿔 깔아도 불안은 공기의 표면들을 단숨에 거머쥔다

체념의 평화가 옷자락을 끌며 거실을 거닐 때 사방 격자 꽃무늬 벽지도 지루해 모래시계를 뒤집어놓고 깜박 졸음이 오는 오후 오래 잊고 있었다는 듯 베란다의 제라늄이 주홍 집시나비를 흉내 내며 화들짝 핀다

침몰

부서진 지붕을 가리며
쑥쑥 키를 늘리는 망초 대궁
노란색 물탱크를 뒤덮은
한삼덩굴 가시 돋친 손

막무가내 쳐들어오는 초록에
점령당한 채
기우뚱 가라앉는 배

툇마루 문설주 위에 걸린
가족사진

나란히 앉은
누구 한 사람
비명도 지르지 않는

고요한

밤의 산들공원

서늘한 달빛에 공룡처럼 커진 그림자를 밟고 걸어간다 옛 우물터 누군가 두레박으로 별을 건져 올리면 계수나무가 슬며시 들여다보곤 했었는지 척 휘어져 있다

물병을 든 사람이 땀내를 풍기며 달려가는 쪽으로 매발톱과 며느리밥풀꽃이 수수한 가계를 이루고 있다

이곳에선 무겁던 것들이 마술처럼 가벼워진다

조선족 간병인이 파킨슨씨 환자의 휠체어를 밀고 올라와 살짝 손잡이를 놓으면 경사면을 따라 천천히 저절로 굴러간다든지

터지는 울음을 틀어막고 골목 끝을 향해 달려갔던 밤, 늑골 사이로 무겁게 추를 늘어뜨리고 있는 그 무엇도 이곳에선 없어진 것처럼 무게감이 없다

작은 호숫가를 향해 천천히 발걸음을 옮기자 어느새 별들이 따라와 물속에서 은전처럼 빛난다

껍질의 시간

한 포기 엷은 햇살이 들여다보는 방
플라스틱 바구니 속
몇 개의 귤은 말라간다

말라가는 귤은 껍질을 딱딱하게 굳히며
과육의 수분을 지킨다
알맹이들은 놀랍도록 달고 뭉클해서
껍질을 사랑하기란 쉽지 않다

귤의 껍질이 조금 더 거뭇해지는 동안
저녁 한나절이 맥없이 깊어가고
울리지도 않는 전화기를
습관처럼 열어보는 검버섯 핀 손

모든 어미는 맹목이어서
품 아래로 사라지는 새끼들을 보지 못한다
앞다투어 붉은 입을 쩍쩍 벌리던
솜털들의 꺼지지 않는 환영만이
접시 위에 쌓이는 먼지를 끝없이 닦게 한다

가든, 무릉도원

붉은 고기비늘 지붕 위로
복사꽃 구름 피어오른다

뜰 앞에는 잔잔한 청동빛 연못
수면 가장자리로 분홍의 맨발들 가득 떠 있고
목이 긴 새의 다리에도 젖은 꽃잎이 달라붙어 있다

집은 녹아 흐르는 봄을 견디고 있다
참다못해 기와 몇 장을 헐어 발등에 떨어뜨린다

커다란 통유리창 안에
손님은 없고
차림표의 글자들만 진수성찬이다

부동산마다 내놓아도
팔리지 않는 무릉도원
버드나무 그림자가 연못 속에 길게 빠져 있다

제5부

아직 깨어 있는 마지막
새들을 위하여

축제

봄비 소리로 어둠이 적셔지는 밤
어둠을 뚫고 무수한 과거의 손들이
앉을 자리를 더듬는다
알 수 없는 이끌림에
눈 감고도 제자리를 찾아 맺히는 분홍빛 유두들

추억의 노래를 불러라
여기저기서 복면을 벗는 딸들*
꼭 물린 입술을 뚫고 나오는 첫 모음 눈부시다
지나간 생이 새 육체에서 태어나는 기쁨

깜깜한 봄밤은 아늑하고 꼭 맞는 요람이지
무한 반복의 자기 복제
최면에 걸린 듯 피어나고 벌어지며 만개하는 꽃들

* 『차라투스트라는 이렇게 말했다』 중에서.

여의도 비가(悲歌)

그날 여의도 공원엔 겨울비가 내렸다
저마다 촛불 하나씩 켜 들고
일회용 우비를 썼으나
앞섶이 젖고 신발이 젖고 주저앉은 엉덩이가 축축하게 시
려왔다

비바람이 몰아칠 때마다
모자를 조금 더 눌러쓰고
목도리를 한 겹 더 두껍게 감았다

촛불은 꺼졌다가
다시 점화되고 꺼졌다가 켜지기를 반복했다

모자에서 빗물이 흘러 얼굴을 타고 내렸다
어쩌면 눈물이었을 수도
한 목소리의 광장 가득한 사람들 속에서
울컥 외로워지기도 했다

우리는 여전히 가난한 차림새로

환하게 불 켜진 국회의사당
그 안의 불빛을 의심하면서
철통같은 방어벽만 마주할 뿐이었다

공권력의 용도에 분노를 넘은 허탈감
언제 급습할지도 모를 물대포 혹은
발길질을 두려워하며
그러나 여럿이 함께의 힘을 믿고

비바람 속에 흔들리는 촛불을
수없이 다시 받쳐 들었다

숲속의 독서

언젠가 한 번 읽은 적 있는
그리스인 사내의 편력이 딱히 궁금해서가 아니고
반납일이 다가오는 책을 서둘러 읽으려 가져왔다

'버찌를 먹고 싶음 버찌를 배가 아프도록 먹어라'*
입담 좋은 조르바도 별수 없었다
초록들이 쉼 없이 흔들리고
근면한 숲속의 목수 딱따구리가 문틀을 세우자
기다렸다는 듯 은빛 발을 짜는 풀벌레들
씨줄 날줄의 촘촘한 교차음에
잠시도 고요해질 수 없는 숲

내 속에도 허기진 짐승이 있어
목마르게 찾던 버찌가 있었다면
나도 모르는 포만의 순간이 있었던 걸까
그 버찌가 언제 어디로 숨어버렸는지 잠잠하다
하긴 이 시대에 간절한 버찌가 있긴 한 걸까

다시 초심으로 돌아가 책장을 펴는데

나뭇가지 아래로 꼬리 잘린 도마뱀이 달려간다
꼬리 한 토막을 누군가의 버찌로 허용했나 보다
대기는 다시 함성과 소란으로 가득하고
오늘의 목적은 이뤄지지 않았다

마타리꽃이 구름의 그림자 속으로 숨는 걸 보며
그만 엉덩이를 털고 일어난다

* 『그리스인 조르바』 중에서.

엄마들의 봄

엄마들은 이제 벚꽃 피는 창가에
모여 있어요
엄마들끼리 벚꽃이 피고
꽃잠에 든 듯 졸기도 해요
여긴 엄마들이 마지막 당도한 집이니까요

엄마들은 가만가만 저녁의 이유에 대해 이야기해요
그땐 벚꽃이 구름처럼 피어올랐었다고
눈뜰 수 없이 안개 자욱한 꽃밭이었다고
무릎이 아프다고 등이 휘었다고

이야기하는 방법을 잊어버린 엄마는 고요해요
각자의 침묵 속으로 점점이 흰 꽃잎을 가라앉혀서
우물 속 정적을 피워 올려요

일요일은 진공을 깨트리며
희미한 옛사랑의 그림자를 신고 온 구두들과

운동화들로 현관이 소란스러워요

엄마, 엄마, 여기 이거! 말의 꽃보라
이름도 기억나지 않는 얼굴들이
새 옷을 갈아입히고 과일과 고기를 먹여줘요

그러면 멀리서 벚꽃이 휘날려요
하염없이 흩날리는 연분홍들을
전생이듯 아득히 바라보는 사이
고양이 발소리로
여든아홉 번째의 봄이 또 지나가요

목련 나무 아래로

엷은 구름 속을 얼굴 하얀 낮달이 지나가며
중국집 추녀 그림자를 길게 눕히네요

기다란 목에 나비넥타이를 맨 기린풍선을 없는 척 지나
흰 무명옷을 입은 아버지 목련꽃 그늘을 지나고 있어요

목련나무는 시든 꽃들로 발목을 덮고
낯익은 거리 어디쯤 서 있어요

곰 인형을 파는 사람 보이지 않고
곰 인형들 까만 단추 눈을 뜨고
떨어지는 목련 꽃잎을 함박눈처럼 맞고 있네요

더운 공기들 저희끼리 부풀고 차올라
터질 듯 빵빵한 거리를

새하얀 옷고름 펄럭이며

낯선 별의 새 거주지*를 찾아가는
나의 아버지

* 박정대 시집에서.

군들*

쌀이 좋기로 으뜸인 군들이란 마을을 아시나요
군들은 군(君)의 들 이를테면 왕자의 들이지요
임금이 하사한 들이 넓고 넓어
또한 헌(獻)바다라 불렀다지요

그 왕자, 왕관을 내려놓길 잘했다고
한지에 먹을 갈아 시를 적고 칠흑의 어둠을 견딘 아침이
면
푸른 벼 포기들 파도처럼 몰아쳐 왔을 테지요
쓸쓸한 이마에 우수의 그림자 졌을 테지요

토양이 깊고 기름져 해마다 눈처럼 희고 맑은 쌀이
풍년을 이루었다는데요
진미 중 진미를 나랏님께 바쳤다는데요

그래서 그런지 군들의 쌀밥은

비밀을 품은 듯 은은하고 투명하지요

슬픈 듯 차지고 부드럽지요

* 경기도 이천에 있는 마을 이름.

외가가 있던 마을

삼거리 가게를 지나면
마을 꼭대기에 높이 있어
멀리서도 잘 보이던
나의 외갓집

키 큰 미루나무 그림자
혼자서 커졌다 작아졌다
집을 보던 곳

부추꽃 자욱한 저녁
구불구불 방천 둑을 따라
커다란 장보따리를 이고 오는
외할머니 마중을 갔었다

기찻길 근처의 채소밭들
덜컹거리는 버스를 타고
이제는
아무도 살지 않는
외가가 있던 마을을 지난다

수원엔 비가 내리고
— S에게

일기예보 창에
눈물 뚝뚝 흘리는
한 덩이 구름

지우산처럼 얇은 그녀
비에 젖겠다
서장대 화홍문도 비에 젖겠다

수원은 17도 봄비가 내리고
봄꽃 핀다고
봄꽃 진다고
행락객들 차오르는데

늦은 전언 기다리다
문 닫고 커튼 치고
눈 감고 누운 그녀

안으로 안으로 들이치는 빗소리
귀 막아도 속속들이 비에 젖겠다

장미향의 욕조

왕궁사우나 장미향의 욕조
잔잔한 물살 속에서
이층으로 올라가는 계단참에 걸린 팻말
'수면실'이 거꾸로 읽힌다
'실면수?'
얼굴을 잃어버리는 물이라
나는 농담처럼 얼굴을 물속에 푹 빠뜨려본다

사람의 얼굴이 물속 같다면
은은한 장미향을 입고 가볍게 날아오를 수도 있을까
천정의 스테인드글라스 장미넝쿨 사이를 지나
여인들이 제 몸을 문질러 현을 켜는
목욕도(沐浴圖)에 닿을 수도

안개 속에 섬 몇이 떠 있고
머리에 수건을 두른
손놀림이 현란한 악사에게 몸을 맡긴 여인들이
스스로의 몸에서 울리는 음악에 취해 눈을 감고 있는 곳

나도 잠시 눈을 감고

비파 소리를 따라 흘러가보는데

갑자기 굵은 다리 한 짝

투명한 물의 창을 깨뜨리며 욕조 안으로 첨벙 들어온다

환(幻)의 파편들이 어지러이 흩어지고 나의 왕국은 사라

졌다

김 서린 뿌연 출구 쪽에서

샤워기가 팔을 쳐들고

연밥 씨앗 눈을 맞춰온다

푸른 호랑이 눈

푸른 광채가 도는 눈 죽음을 유도하는 시선은 차고 시리다

이 절대의 포식자는 감자를 사느라 꾸물대거나 신통치 않은 글자 퍼즐놀이에 빠져있거나 정작 가야 할 곳은 제쳐 두고 공원 벤치에 붙박여 앉아 있는 나를 검은 점박이 털 속 깊은 눈으로 추격한다

포획물들이 문득 민감해져서 그가 추격해 온 길들이 마음에 들지 않는다고 거스를 수는 없다 담배 연기가 뿜어낸 콧구멍으로 흡입되고 투신한 자를 강물이 뱉어내고 헤어진 남녀가 키스를 하고 노인이 어린애로 강보에 싸이는 일이 없는 것처럼

그의 보폭에선 숲의 울림 대신 목숨의 눈금이 새겨진다 깊은 밤 그가 호시탐탐 내 신경을 건드려 불면을 유발하면 나도 날카로운 털이 묻은 그의 발자국을 심각하게 들여다본다

가끔 묻고 싶어진다

모바일 시계 배경에 푸른 호랑이 눈을 박은 당신, 혹 나처
럼 당신도 시간 강박증인가

광장에서

촛불도 구호도 이제는 그만.

이곳에
연못을 파고
노랑 어리연을 띄우면
잎사귀 아래 개구리밥들
순식간에
초록 카펫을 펼쳐놓겠지요

물결이 일 때마다
수많은 주름들 접혔다가 펴지겠지요

제 몸에 물 한 방울 묻히지 않고
다리가 긴 물거미가 성큼 건너가면
장구애비 애벌레들 용케 알고
뽀글뽀글 진흙 물방울 일으키겠지요

지나가는 구름이 농담처럼

빗방울 몇 던지면
여기저기 푸른 동심원들 보조개 피겠지요

오고가는 사람들 순간 밝아오는 표정을
노랑 어리연 봉오리들
실눈 뜨고 물속에 반쯤 잠겨 훔쳐보겠지요

동그란 잎사귀들 겹쳐진 사이사이로
초여름 햇빛 잠깐씩 눈부시겠지요

이원시, 죽음을 예각하는 견성의 언어

손남훈

어둠 속에서 어떤 대상에 시선을 던져야 할 때, 그 대상의 실체를 올바로 파악할 수 있는 방법은 무엇인가? 빛 밝은 낮에야 대상을 직시하기만 하면 외양과 상태, 빛깔을 남김없이 파악할 수 있지만 희미한 빛조차 밤의 사위 속에 숨어버린 때에는 대상이 있을 곳으로 짐작되는 곳을 뚫어져라 쳐다봤자 사물의 윤곽조차 제대로 가늠되지 않는다.

오히려 한밤중 대상을 외양이라도 구별해 보기 위해서는 대상의 중심이 아니라 그 주변을 어긋나게 바라보아야 한다. 흔히 말하는 '이원시'가 그것이다. 대상을 예각화하여 바라보는 것이 되레 그것을 올곧게 직시할 수 있다는 역설이 인간의 눈은 언제나 확인시켜주는 것이다.

최기순 시인의 시는 이원시로 쓰여졌다. 그의 시는 압도적으로 시각적 이미지들이 중추를 이루고 있는데, 특이하게도 대상 사물을 직시하는 것이 아니라 예각적인 시선으로 봄으로써 대상에 대한 감응을 길어올리고 있다. 다른 많은 시편들이 직관의 상상력을 추종하는 데 바쳐져 있는 데 비해, 최기순 시인의 시편들은 '직관의 신화'를 의심하고 그로부터 한 걸음 거리를 둠으로써 짜임새를 갖추고 있다는 데 그 특징이 있는 것이다. 그리고 이러한 시의 특징들은 단순히 시작 방법론이나 시의 미적 구성의 측면에서만 한정되는 것이 아니라 최기순 시집의 전반적인 세계관과 경향으로까지 확대되고 있다.

연분홍 뺨 희디흰 속살
바늘보다 가는 꽃잎에
관음보살 앉아 계신다

바람이 불자
바람결보다 가벼운 한 세상
순풍에 돛을 단다

돛을 단 돛배 돛배들
칠월 녹음 바다 위에 둥둥 떠 있다
어기어차 떠나간다
물결 환하게 길이 열린다

폭염의 콘크리트 사막이 눈을 크게 뜬다
폐지를 실은 유모차를 밀고 오던 노인이
힘겹게 허리를 편다
천 근 무게의 세월

거뜬히 실을 수도 있을 것 같다

고삐를 맨 낙타들도 그 그늘 아래서 숨을 고른다

다만 가벼이

가벼이 피어 흔들리는 것만으로도

　　　　　　　　　　　　　　── 「꽃 핀 자귀나무」 전문

　이 시의 화자가 보는 것은 "연분홍" 꽃잎을 틔운 "자귀나무"인
가, "바다 위"의 "돛배"인가, "폐지를 실은 유모차"와 그것을 밀던
"노인"인가. 아마도 눈 밝은 독자라면 "폭염의 콘크리트 사막"에서
"힘겹게" "폐지를 실은 유모차를 밀고" 있는 "노인"이라 답할 것이
다. 굳이 이 시의 장면을 묘사하자면 자귀나무 꽃이 만발한 한여
름을 배경으로 폐지 실은 유모차를 위태롭게 밀고 있는 한 노인을
떠올릴 수 있겠다. 그런데 시인은 굳이 시의 초점을 두고 있는 노
인과 유모차를 배경으로 물러 앉히고 배경인 자귀나무와 꽃을 전
면에 선뜻 제시한다. 노인의 상황 못지않게 자귀나무의 이미지를
연상시키는 표현들도 적지 않은 것이다. 그것도 모든 시적 정황을
지켜보는 "관음보살"까지 대동한 채로 마치 노인이 아니라 꽃과,
그 꽃이 연상시키는 돛과, 돛이 연상시키는 돛배와 바다에 초점을
맞추라고 독자에게 강요하는 듯 보이기까지 한다.

　주의해야 할 것은, 이러한 시인의 이원시의 시선이 단지 일상적
이지만 동시에 고통스럽기까지 한 노인의 상황을 단순히 아어(雅
語)로 덮기 위해 마련한 시적 장치가 아니라는 점이다. 왜냐하면
자귀나무 꽃에 초점을 맞추는 시인의 시선은 힘겨워하는 노인의
상황을 극명하게 드러내기 위한 과정으로 던져져 있기 때문이다.

다시 말해 시인은 노인의 상황을 알려주는 "천 근 무게의 세월"과 자귀나무 꽃이 환기하는 "바람결보다 가벼운 한 세상" 사이에서 감각되는 심연을 알 수 없는 거리를 "어기어차 떠나"가게 하고 "물결 환하게 길이 열"리게 하여 노인으로 하여금 잠시나마 "힘겹게 허리를" 펴게 하고 "거뜬히 실을 수도 있을 것 같"도록 하기 위해 굳이 이원시를 동원하고 있는 것이다. 가벼움과 무거움의 감각적 격차를 좁히고, 그러함으로써 신산스런 일상을 "관음보살"로 상징되는 구원과 소망의 공간으로 탈구축하고자 하는 시도가 여기에 깔려 있다.

그런데 최기순 시인의 시는 대체로 구원과 소망의 메시지를 거의 내비치지 않는다. 「꽃 핀 자귀나무」는 현세의 중생을 구제한다는 관음보살을 상상함으로써 그의 시에서 매우 예외적으로 종교적 구원을 환기한다. 그러나 "가벼이/가벼이 피어 흔들리는 것만으로도" 고통은 상쇄될 수 있는가? "노인이/힘겹게 허리를" 펴고 "숨을 고른다" 해서 삶의 양상이 순식간에 변화되지는 않는다. 오히려 그러한 위로는 값싼 동정으로 전화되기 쉬우며 고통스런 삶의 국면들을 외면하는 결과를 낳기 쉽다.

이와 같은 '위험성'을 내포하기 쉬움에도 이 시는 '거리'를 통한 긴장(tension)을 유발한다는 점에서 각별한 의미를 가진다. 즉 이 시는 대상 사물의 시각적 재현을 통한 대상과 화자 간의 거리, "관음보살"로 상징되는 구원과 '힘겨운 노인'으로 표상되는 현세의 고통 사이의 거리, 가벼움·무거움, 폭염·그늘, 앉음과 일어섬("허리를 편다"), 부유와 흔들림 등의 이미지 대비와 같은 방식을 통해 거리 감각의 창출에 힘을 기울인다. 이러한 거리 두기 방식을 통해 이 시는 궁극적으로 화자의 소망인 구원이 대상 사물에 정서적으로 밀착되지 않고 오히려 그 둘 사이의 심연을 발견해버리게 하는 효과를 낳는다. 이 시의 마지막 행, "다만 가벼이/가벼이 피어 흔들리는 것만으로도"가 끝내 하나의 완결된 문장으로 제시되지 못한 이유를 여기서 찾을 수 있다.

다시 말해, 이 시는 겉으로 보기에 구원에의 소망을 주제로 하는 듯하지만 그리 단순하게 일별(一瞥)될 수 있는 것이 아니다. 오히려 이 시는 구원의 소망을 제시하고자 하는 화자와 현세의 고통 속에서 겨우 숨쉬는 노인을 대비시켜 구원의 가능성에 느낌표가 아닌, 물음표를 제시하는 역설을 내포하고 있다. 그것이 이 시가, 나아가 최기순 시인의 시편이 긴장을 유발하는 이유가 된다.

유리창마다 성에가 흰 말채나무를 키운다

한파가 몰아칠수록 창문의 말채나무는 숲을 이루고 온종일 켜놓은 화면에선 물결이 솟구치다가 순간 얼어붙는다

국경의 가시 철조망 낙화처럼 물결 속으로 사라지는 사람들, 마지막 숨을 몰아쉬는 소년의 맑은 눈동자에 쿡! 예기치 않은 울음이 터지지만 그것은 의자를 보면 주저앉는 것과 다르지 않다

나의 말들은 고삐를 매지도 않았는데 움직임을 멈춘 채 굳어 있다 말들을 어서 달리게 해야 해 단단히 고삐를 틀어잡고 채찍을 휘둘러보지만 말들은 꿈쩍도 하지 않는다 아마 잊혀져 가는 스스로의 발굽 소리를 듣는 듯하다 다시 채찍을 들어 말

들 대신 등줄기를 후려쳐 본다

> 턱을 괴고 앉아 흰 말채나무나 바라보는 날들이다 유리창을
> 꽉 채운 흰 말채나무 가지들처럼 모든 것은 얽혀버린 채 굳어
> 있다 서로 완강하게 소외되어 얼어붙은 눈동자와 혀가 풀릴 때
> 까지 이 빙하기를 견뎌야 할 것이다
> — 「흰 말채나무의 시간」 전문

시집의 표제작이기도 한 이 시는 이번 시집에서 나타나는 대상
사물에 대한 시인의 태도와 그 태도로부터 빚어지는 사물의 양상
을 집약적으로 드러내주는 작품 중 하나다. 이 시에서 화자는 "턱
을 괴고 앉아 흰 말채나무나 바라보는" 관조자이며 화자가 시선을
던지는 대상 사물은 온통 "얼어붙"거나 "사라지"거나 "주저앉"거나
"잊혀져가"거나 "굳어 있"는 등 죽음과 소멸의 이미지로 채색되어
있다. 대상 사물에 대한 화자의 이와 같은 이미지 제시 방식은 시
를 구원과 소망이라는 주제로 쉽사리 귀결되지 않게 하는 이유가
된다. 오히려 죽음과 고통으로 점철된 세계("빙하기") 안에서 이를
관조하는 시인은 오직 "견"디는 것으로 맞서고자 한다. 그것은 구원
과 소망이 거절된 세계에서 시인이 처할 수 있는 유일한 방식이다.

김열규는 "예술은 죽음을 끌어들임으로써 절대성을 고양시킬
수 있"다고 말했다. 그러나 죽음이 인간의 실존적 한계 상황[2]으로

---

1 김열규, 「현대적 상황의 죽음 및 그 전통과의 연계」, 『한국인의 죽음과 삶』,
   철학과 현실사, 2001, 24쪽.
2 신옥희, 「죽음은 실존의 거울이다」, 정동호 외, 『철학, 죽음을 말하다』, 산해,
   2004, 216~218쪽. 야스퍼스에 따르면, 한계 상황은 상황 일반과 구별되는데,

인식된다면 되레 세계는 온통 부조리할 뿐일 것이다. 죽음과 소멸은 세계의 거짓됨을 폭로하는 물적 반응으로 인식되기 때문이다. 물론 세상이 온통 거짓과 부패로 가득 차 있을 때, 인간은 거짓된 세상을 버리고 피안에 존재하는 초월적 진실을 향해 나아감으로써 세계의 위악을 견디고자 할 수도 있다.[3] 그러나 시인의 눈앞에 실존적으로 감각되는 것은 죽음과 소멸이지 신과 같은 초월적인 존재가 아니다. 최기순 시의 핍진성은 대상 사물의 죽음과 소멸의 양상을 견자(見者)의 시선으로 바라보고 있는 데서 빚어진다.

사물을 바라보고 이를 시적 언어로 옮기는 작업은 단순히 시각 이미지의 시적 형상화만을 의미하지 않는다. 그것은 대상과 화자 간의 거리의 문제를 내포하고 있기 때문이다. 사물을 시각 이미지로 전환시키기 위해서는 사물과의 일정한 거리가 전제되어야 한다. 촉각이나 미각, 후각과 같이 대상 사물과의 가까운 거리는 단지 물리적 거리만이 아니라 심리적 · 정서적 거리의 가까움을 표

상황이란 인간 존재의 생활 환경을 형성하는 구체적 현실을 말한다. 이에 반해 한계 상황은 인간의 삶의 현실을 이루는 상황들 중에 인간이 변경할 수도 없고 제거하거나 피할 수도 없고 설명할 수도 이해할 수도 없는 상황들을 말한다. 구체적으로 말하자면, 인간은 언제나 상황 안에 존재한다는 것, 인간은 '투쟁'과 '고통' 없이는 살아갈 수 없다는 것, 인간은 불가피하게 '죄책'을 짊어지게 된다는 것, 그리고 인간은 누구나 자기의 '죽음'을 면제받을 수 없다는 것 등이다. 이 중 한계 상황으로서의 죽음은 인간으로 하여금 인생의 유한성과 무의미성 앞에 직면하게 하며 비존재와 무의 불안 속에서 이 세상을 떠나게 강제한다는 의미를 지닌다.

3   루시앙 골드만은 이를 "영원성과 초월적인 신의 존재에 거는 비극적인 내기"라고 표현하고 있다. 루시앙 골드만, 송기형 · 정과리 옮김, 『숨은 神』, 연구사, 1990, 55~66쪽.

상해내지만 시각 이미지는 대상 사물에 대한 어느 정도의 원근 조정이 일어난다 하더라도 일정한 객관성을 확보한다. 최기순 시인의 시편에서 시각 이미지가 빈번하게 표현되어 있다는 사실은 화자가 세계 속 사물들의 소멸을 목격하지만 그 사물 속에 자신의 감정이나 정서를 침투시키는 것이 아니라 차단시키고 있음을 의미한다. 더욱이 이 시에서 사물과 그 사물을 바라보는 화자 사이에는 "유리창"마저 존재하고 있다. 화자는 죽음과 소멸의 양상을 지켜보고 있으나 보는 행위를 통해 대상에 감정이입 하는 존재가 아니라 사물 그 자체의 존재성을 견성(見性)하고자 한다.

> 내 사랑은 너무 늦게 도착해서
> 그는 이미 이 세상을 지나간 후였네
> 광장에서도 많은 이들이 늦은 사랑을 후회하며
> 흰 꽃들을 들고 서 있네
>
> 때는 성혼의 계절이어서
> 등불을 켜 들고 밤을 지새운 행복한 신부들은
> 흰 드레스에 화환을 쓰고 웨딩마치를 올리고
> 연인들은 스스럼없이 분수 가에서 포옹을 나누는데
>
> 굽이치는 산 위로 떠오르는 아침을 보여준다던
> 그 사람은
> 기다리다 지쳐가고 없었네
>
> 아직
> 사랑한다는 말

카론에게 줄 뱃삯도 건네지 못했는데
벌써 강 저쪽에 배를 대었다고 하네

흙먼지 자욱한 광장에 엎드려
백랍처럼 희고 차가울 이마를 향해
떨리는 손으로 수선화꽃 한 다발 묶어 바치네
— 「수선화꽃 한 다발」 전문

이 시의 시적 화자는 사랑하는 이를 잃고 비탄에 빠져 있다. "성혼의 계절"에 "연인들"이 사랑에 빠진 날을 배경으로 하기에 화자의 파토스는 더욱 고조될 수 있는 상황이다. 따라서 화자의 "수선화꽃 한 다발 묶어 바치"는 행위에는 사랑이 깨어져버린 이의 깊은 고통과 절망감이 아로새겨져 있을 것임을 쉬이 짐작할 수 있다. 그러나 이 시에서 화자의 진술은 2연을 제외하고는 종결어미 '~네'로 끝맺고 있으며 죽음을 슬퍼하는 이들에 대한 시적 정황만을 묘사하고 있을 뿐 직접적인 감정 토로의 언설은 거의 드러나지 않는다. 시적 화자의 감정을 환기시키는 표현은 "떨리는 손" 정도로, 이 역시 시각적 이미지로 재현됨으로써 감정의 직접적 노출을 차단하고 있다. 심지어 관념적이고 정서적인 표현이라 할지라도 "외로움의 정수리를 지그시 누르고 있는 중"(「달걀」 부분)이나 "슬픔도 상쾌한 가벼운 몸들"(「포플러 상가(喪家)」 부분)과 같은 진술에서 확인되듯 그 관념이나 정서가 존재론적 은유로 물화되어, 있는 그대로 노출되지 않는 것이 최기순 시의 특징적인 면모 중 하나다. 아버지의 죽음에 대해 "내가 죽는대도 그와 나는 아무런 상관이 없음 터였다//광막한 우주 공간에 한 점 먼지로 스쳐도/서로를 알아

보지 못할 것이다"(「아버지의 이름으로」 부분)라고 말하거나 어머니를 멀다고 말하는 진술(「먼 어머니」)에서도 시인 특유의 대상과의 거리 두기 방식은 빈번하게 확인된다.

최기순 시에서 대상 사물의 죽음과 소멸 이미지가 주로 시각 이미지로 재현된다는 점은 죽음에 대한 객관적 인지 가능성을 보여주기에 적합한 방식으로 이해될 수 있다. 인간은 고통을 통해 죽음이 자신과 가까운 거리에 있음을 발견할 수 있을 뿐 아니라[4] 삶을 구성하는 환경이 어떤 것이든 삶 일반 안에는 죽음을 삶의 타자로서 드러내주는 고통스런 사건이 필연적으로 내재하고 있음을[5] 감각하는 존재다. 그런데 하이데거가 말하듯, 죽음은 한 개체의 가능성으로 상존하고 있으며 인간의 인식 대상으로 작용하고 있다. 문제는, 인간이 죽음을 인식하는 것은 주위 사람들의 죽음을 목격하거나, 존재물의 소멸현상을 인식함으로써 간접적으로 경험될 뿐이라는 점이다.[6] 한 개인에게 죽음은 삶의 사건이 아니며, 체험되지도

---

4 "아픔과 괴로움과 고통 속에서 우리는 고독의 비극을 형성하는 결정적 요소 (죽음─인용자 주)를 가장 순수한 모습으로 다시 보게 된다. 이 결정적 요소는 향유의 무아경을 통해서도 끝내 극복할 수 없는 것이었다." 엠마누엘 레비나스, 「고통과 죽음」, 『시간과 타자』, 강영안 역, 문예출판사, 1996, 75~78쪽.

5 서동욱, 『차이와 타자』, 문학과지성사, 2000, 320쪽.

6 하이데거는 『존재와 시간』에서 다음과 같이 말함으로써 죽음의 '객관적인' 경험 가능성에 대해 언급했다. "죽음에서 현존재의 전체에 도달하는 것은 동시에 거기에 존재함(현존재)을 상실하는 것이다. 더 이상 거기에 존재하지 않음 (현존재가 아님)으로 넘어가게 되면, 그것은 곧 현존재가 이 넘어감을 경험하고 그것을 경험된 것으로 이해할 수 있는 가능성으로부터 배제됨을 의미한다. 그런 가능성은 어쨌거나 자기 자신과 관련해서는 그때마다의 현존재에게는 거부되고 있다. 그럴수록 더 절실하게 타인의 죽음이 눈에 띈다. 따라서 현존

체험될 수도 없는 것이다.[7] 시인에게도 이는 마찬가지로, 시적 화자가 의식하는 죽음은 자신의 죽음 그 자체를 직시함으로써 스스로에게 체험되기보다는, 화자의 시선이 닿는 사물들의 소멸 양상을 통해 객관적으로 스스로를 인식하고 존재의 한계성을 체험하게 된다. 최기순 시의 시각 이미지를 통한 거리 감각은 필멸자로서의 존재가 가지는 근본적인 한계를 노정하는 적확한 표현인 것이다.

　　낯선 듯 부드럽고 긴 손길이 이마를 쓸어준다 무슨 까닭이 있겠거니 짐작만으로 가만히 쓰다듬는 손에게 뜨거운 목젖을 들킨 것처럼 무참하다

　　원인이 있다면 하릴없이 물가 근처를 서성인 것 하마터면 저 늙은 팔에 아니 연두의 어린잎에 얼굴을 묻을 뻔했다

　　물은 쉬 지우는 습성이 있으니 사방이 고요하다

　　카자흐스탄 유목민들은 버드나무를 둥글게 휘어 전통가옥 유르트를 짓는다고 한다 유르트에 드는 것은 떠났던 곳으로 돌아오는 것

재의 끝맺음이 '객관적으로' 접근 가능해지는 것이다. 현존재는 그것도 본질적으로 타인과 더불어 있음이기에 죽음에 대한 경험을 획득할 수 있다. 그리고 죽음의 이러한 '객관적인' 주어져 있음이 또한 현존재 전체성을 존재론적으로 한정하는 것을 가능하게 해야 할 것이다." 마르틴 하이데거, 『존재와 시간』, 이기상 역, 까치, 1998, 319쪽.

7　루드비히 비트겐슈타인, 『논리-철학논고』, 이영철 역, 책세상, 2006, 114쪽.

물속 깊이 무릎을 묻고 물결을 매만져 음악 소리를 내는 버
드나무는 떠도는 발목을 가진 자들의 유르트

여름 저녁 푸르스름한 안개, 겨울 아침의 날카로운 첫 추위,
낯선 곳으로 낯선 곳으로만 흩어지던 머리카락을 쓸어올린다
— 「버드나무 유르트」 전문

그렇다면 이제 시인은 왜 죽음에 집중하는지를 따져보도록 하
자. 죽음은 누구에게나 일어나는 하나의 사건으로 객관적이고 보
편적인 것으로 인식되기 쉽지만, 문제는 우리의 삶의 양식 안에서
죽음은 늘 소외되어 있다는 점이다. 문명사회는 마치 인간 존재의
불멸성을 보장하는 것처럼 환상[8]하고 있으며 죽어가는 사람은 더
욱더 고립되는 양상을 자주 보이고 있다.[9] 특히 모든 것이 상품으

---

8 에드가 모랭, 『인간과 죽음』, 김명숙 역, 동문선, 2000, 49~50쪽. 에드가 모랭
은 근대 자본주의 시민사회로의 이행은 보편성을 향한 개별체들의 죽음을 당
연한 것으로 바라보도록 이끌었다고 했다. 즉, 사회 전체의 한 부분으로서의
개인은 시민정신으로 불리는 개인성의 총합에 의해 표현되고, 이에 따라 개인
은 그가 몸담고 있는 공공사회와 동일성을 이루게 됨으로써, 한 개인의 육체
는 소멸하지만 개인의 총합인 사회는 유지되므로, 각각의 개체는 미래의 세대
속에 살아 있을 것이라는, '시민적 불멸성'을 주술적 믿음으로 간직하게 된다
고 했다.

9 김수정, 「현대인들의 죽음에 대한 태도와 문명화 과정」, 노베르트 엘리아스,
『죽어가는 자의 고독』, 문학동네, 1998, 134쪽. 엘리아스는 문명화 과정 속에
서 죽음의 공론화는 합리성에 대한 역치이기 때문에 금기시 되어갔다고 주장
한다. 문명화란, 인간의 동물성을 사회적 장면으로부터 배제하는 것이기에 나
체, 성행위, 침, 똥과 같은 야만적이고 동물적인 혐오와 수치심을 유발하는 것
들은, 역시 동물적이라 할 수 있는, 죽음과 함께 배제된다고 한다.

로 대체되는 현대인의 삶의 양식에서는 상품의 지속적인 생산과 그 생산된 상품의 계속되는 소비를 통해 불멸에 대한 환상을 갖게 되는 것이 일반적이다.[10]

시인은 "도시", 이마를 쓸어주고 얼굴을 묻게 할 뻔한 "버드나무를 둥글게 휘어" 만든 "전통가옥 유르트"와 구별되는 그곳을 낯설고 차가운 공간으로 인식하고 있다. 시인은 유목민과 마찬가지로 "유르트"를 "떠났던 곳으로 돌아오는 것"으로 생각하는 반면에 "도시"를 "낯선 곳으로 낯선 곳으로만 흩어지"게 하는 곳으로 여긴다. 온통 죽음뿐인 세상에서 오히려 죽음을 배제하는 '낯선' 곳이 바로 문명사회를 상징하는 "도시"인 것이다. 최기순 시에 종종 모습

---

10 이는 보드리야르의 논의를 통해 확인할 수 있다. "가치가 무한히 뻗어나간 끝으로 죽음이 미뤄진다는 환상 속에서 이루어지는 축적. 인간의 영원성을 믿지 않는 사람조차도 복합적인 이권이 개입된 부류의 자본은 믿는 것과 마찬가지로 시간의 무한성은 믿는다. 자본의 무한성이 시간의 무한성이 되고, 또한 생산 체계의 영원성이 되는 것이다." "우리의 문화 전체는 삶을 죽음으로부터 분리해내려는, 말하자면 죽음의 양면성을 추방하고자 하는, 그리하여 가치로서의 삶의 재생과 총등가치로서의 시간의 재생만을 꾀하고자 하는 비상한 노력에 불과할 뿐이다. 죽음을 소멸시키는 것, 그것은 모든 방향으로 갈라져나가는 우리의 환상이다. 가령 종교에 있어서는 내세와 영원성의 환상이 있고, 과학에 있어서는 진리의 환상, 경제에 있어서는 생산성과 축적의 환상이 있다."(장 보드리야르, 「정치경제학과 죽음」, 『섹스의 황도』, 정연복 역, 김진석 편, 솔, 1993, 124~126쪽) 이때 보드리야르가 말하는 '가치'는 자본이자 생산체계이다. 이 말은 인간의 욕망은 상품의 생산에 의해 '죽지' 않고 상품의 교환에 의해 '유보'된다는 것이다. 유보된 욕망은 또 다른 욕망으로 치환되고, 이것이 반복되면서 욕망은 무한히 재생산된다. 이에 따라 생산 체계 내에서 상품의 생산 역시 무한히 이루어지게 된다. 인간은 이러한 생산체계의 영원성을 통해서 자신의 불멸을 환상하게 된다. 이는 "자본의 무한성이 시간의 무한성이 되고, 또한 생산체계의 영원성이 된다."는 말로 요약될 수 있다.

을 드러내 보이는 떠돎과 고립의 자세는 죽음이 배제된 공간에서
오히려 죽음을 감각하는 이가 가질 수밖에 없는 어떤 숙명론적인
상황을 암시한다. 「공원 거주자」 「구름의 일가」 「동토 일기」 「저녁의
행보」 등 여러 시편에서 편재(遍在)된 배제와 고립, 떠돎의 상황들
은 궁극적으로 상품물화 시대를 살아가는 인간의 삶의 방식에 대
한 철저한 비판과 반성적 사유를 이끌어내는 촉매의 역할을 하고
있는 것이다.

키 큰 전나무 숲 군사기밀도로가 전부인 마을은
겨울이 깊을수록 흰 산이 우뚝 솟아올랐다

시렁 위 싹을 틔울 감자들 아직 눈이 깜깜하고
할아버지와 할머니 어머니와 고모들 구부러진 못처럼 박혀
양말을 깁고 가마니를 짜고
무채와 말린 산나물을 섞어 밥을 짓는 어머니는
철산 겨울이 맞닥뜨린 범의 숨소리 같다고

마당의 빨래들 뻣뻣하게 언 채로 눈을 맞고
눈송이들이 창호지에 보푸라기처럼 달라붙는 밤
할아버지의 느릿한 옛이야기는
추녀 끝 고드름을 단단한 직선으로 내려 키운다

등불 건 툇마루까지 눈이 쌓이고
소맷부리 해진 옷을 머리맡에 두면
꿈의 장막이 열리면서
가오리연이 새하얀 꼬리를 흔들며 유영하고

눈의 아이들은 썰매를 타고 은하수를 흩뿌리며 달아났다

참새 떼가 새파란 공중을 향해
언 나뭇가지를 차고 오르는 아침
눈부신 햇살에
시리고 맑은 향의 구슬들이 챙챙챙 쏟아져 내렸다
— 「산북 마을, 그 먼」 전문

대상 사물의 이원시적인 시각 이미지 제시 방식을 통해 죽음
과 소멸을 감각하게 하는 최기순 시의 특징적인 면모는 시간적 계
기·질서가 내재함으로써 시적 의미를 좀 더 다채롭게 확장시킨
다. 이를테면 시간의 적층을 색채 이미지로 두드러지게 드러내는
「퇴적암」이 그 예가 될 것인데 위 시는 그로부터 한 발 더 나아가고
있다.

이 시는 얼핏, 사라져버린("그 먼"으로 표상되는) 과거의 소박한 농
촌 공동체를 재현하는 데 그치고 있는 것처럼 보인다. 현재의 엄
혹한 문제의식을 외화하기보다 과거의 유토피아로 도피하는, 일
견 서정주류의 시적 세계관을 재탕하고 있는 것처럼 여길 수도 있
겠다. 그러나 중요한 것은 시적 화자가 과거를 호명하는 이유와
그 재현 방식, 그 안에 함의되어 있는 맥락을 톺아보는 일이다.

이 시에서는 시각 이미지를 중심으로, 두 개의 서로 다른 관념
이 육화되어 있다. 죽음과 생명이 바로 그것이다. "눈이 깜깜"한
"감자들", 깊은 "겨울", "쌓인 눈", 얼어 있는 "빨래들"과 "고드름",
"나뭇가지", "소맷부리 해진 옷" 등은 죽음과 소멸의 분위기를 직
조하는 반면에 우뚝 솟은 "흰 산", "싹을 틔울 감자들", "양말 깁기",

"가마니 짜기", "밥 짓기", "범의 숨소리", "느릿한 옛이야기", "가오리연", "썰매", "참새 떼", "아침", "구슬" 등은 생명의 살아 있음을 증거하는 약동의 이미지들로 환기된다. 그러니까 이 시는 "산북 마을"이라는 깊은 산속 마을의 겨울 풍경을 생명과 죽음의 상관물들로 교직한 작품이라 말할 수 있다. 여기에 상승과 하강의 이미지가 보태지고 공동체성과 고립성이 더해지면서 하나의 총체적인 시적 세계상을 그려내 주고 있다.

그런데 이러한 서로 상반되는 이미지들 간의 상호 울림이 조화롭게 구성될 수 있는 이유는 밤에서 아침으로 이어지는 시간의 흐름이 모든 변화 양상을 주재하고 있기 때문이다. 시간은 생명을 스러지게 하지만 또한 스러진 것을 새롭게 틔우는 계기가 된다. 죽음(소멸)과 생명(생성)은 시간의 흐름 안에서 분별되는 것이 아니다. 최기순 시에서 시각 이미지로 제시되는 견자(見者)의 감각이란 이처럼 보는 것과 보이는 것, 죽음과 생명 등 모든 이분화된 분별지를 극복하고, 존재 그 자체를 시간의 흐름이라는 보편자의 시각에서 차이 없이 보려는 견성(見性)의 시선을 확보하고자 하는 태도라 할 수 있다. 최기순 시의 이원시는 소멸과 생성을 동시적으로 조망하려는 시도의 산물인 것이다. 사라져버린 "산북 마을", 그곳이 "그 먼" 곳이 될 수밖에 없는 것은 죽음과 생명이 시간의 흐름 속에서 하나였던 세계가 더 이상 존재하지 않게 되었음을 암시하기 때문이다.「푸른 호랑이 눈」에서 시인이 스스로를 "시간 강박증"이라 하면서 죽음과 대면하는 긴장감을 형상화하는 것도, 생명을 낳은 엄마를 소멸해가는 존재(「엄마들의 봄」)로 그릴 수밖에 없는 이유도 같은 맥락이다. 죽음이 없는 반쪽짜리 세계에서 죽음을 감각하는 시인은 다시금 죽음과 생명이 하나인 세계, 인간과 자연의 질서가 조화로운 세계, 그 있어야 할 총체성을 그리고자 이원시의 시선으로 외로운 시작(始作/詩作)을 계속하고 있는 것이다.

따라서 최기순 시에 빈번히 드러나는 죽음의 양상들을 쉽사리 허무적 세계 인식과 연결시킬 필요는 없다. 세계를 무가치한 것으로 인식하는 허무 의식과 달리, 시인은 기다림의 자세로(그의 시에서 식물적 상상력이 두드러지는 이유다) 시간의 흐름 속에서 돌올하는 찰나의 현현을 예비하고 있기 때문이다. 비록 "우연은 기다림의 공식과는 어긋나 있다"(「겨울 호야」 부분)고 하지만, 그럼에도 시인은 "죽은 나뭇가지에/ 조그만 주전자로 물을 뿌리는 남자/화들짝 피어나는 꽃들/품속에서 새를 꺼내 날린다"(「나의 바그다드 카페」 부분)는 진술에서 보듯, 죽음이 없기에 되레 모든 것이 불모일 수밖에 없는 세계 속에서 '착란'의 상상력으로 일상의 죽은 의미에 새로운 가치를 부여한다. 최기순 시에 다양하게 등장하는 꽃들은 그 '우연한 기다림'이 낳은 시적 표지로 기능하기도 한다. 이 모든 것을 가능하게 하는 시인의 '이원시의 시선'은 그렇게, 미덥게, 우리에게 선뜻 다가와 있는 것이다.

孫南勳 | 부산대 교수·문학평론가

푸른사상 시선

푸른사상 시선 119

흰 말채나무의 시간